De Perverse Søstrene

De Perverse Søstrene

Aldivan Torres

aldivan teixeira torres

CONTENTS

1 | Tur i byen Pesqueira   1

1

Tur i byen Pesqueira

De Perverse Søstrene
Aldivan Torres
De Perverse Søstrene

Forfatter: *Aldivan Torres*
2020- Aldivan Torres
Alle rettigheter forbeholdt

Denne boken, inkludert alle dens deler, er opphavsrettslig beskyttet, og kan ikke reproduseres uten tillatelse fra forfatteren, videreselges eller overføres.

Aldivan Torres, Seeren, er en litterær kunstner. Lover med sine skrifter å glede publikum og lede ham til glede. Sex er noe av det beste som finnes.

ALDIVAN TORRES

Dedikasjon og takk

Jeg dedikerer denne erotiske serien til alle sexelskere og perverse som meg. Jeg håper å møte forventningene til alle sinnssyke sinn. Jeg starter dette arbeidet her med overbevisning om at Amelinha, Belinha og deres venner vil skape historie. Uten videre, en varm klem til mine lesere.

Dyktig lesing og mye moro.

Med kjærlighet, forfatteren.

Presentasjon

Amelinha og Belinha er to søstre født og oppvokst i det indre av Pernambuco. Døtre av bondefedre visste tidlig hvordan de skulle møte de voldsomme vanskelighetene i livet på landet med et smil om munnen. Med dette nådde de sine personlige erobringer. Den første er en offentlig finansrevisor og den andre, mindre intelligent, er en kommunal lærer i grunnutdanningen i Arcoverde.

Selv om de er lykkelige profesjonelt, har de to et alvorlig kronisk problem angående forhold fordi de aldri fant prinsen sjarmerende, noe som er enhver kvinnes drøm. Den eldste, Belinha, kom for å bo hos en mann en stund. Imidlertid ble det forrådt det som skapte i sitt lille hjerte uopprettelige traumer. Hun ble tvunget til å skilles og lovet seg selv å aldri lide igjen på grunn av en mann. Amelinha, uheldig ting, hun kan ikke engang få vi forlovet. Hvem vil gifte seg med Amelinha? Hun er en frekk brunhåret person, tynn, middels høyde, honning fargede øyne, middels rumpe, bryster som vannmelon, bryst definert utover et fengslende smil. Ingen vet hva hennes virkelige problemet er, eller begge deler.

I forhold til deres mellommenneskelige forhold er de nær å dele hemmeligheter mellom dem. Siden Belinha ble forrådt av en kjeltring, tok Amelinha søsterens smerter og satte seg for å leke med menn. De to ble en dynamisk duo kjent som " Perverse søstre ". Til tross for det elsker menn å være lekene deres. Dette er fordi det ikke er noe bedre enn å elske Belinha og Amelinha selv for et øyeblikk. Skal vi bli kjent med historiene deres sammen?

De Perverse Søstrene
De Perverse Søstrene
Dedikasjon og takk
Presentasjon
Den svarte mannen
Brannen
Medisinsk konsultasjon
Privat leksjon
Konkurranse test
Lærerens retur
Den maniske klovnen
Tur i byen Pesqueira

Den svarte mannen

Amelinha og Belinha, samt gode fagfolk og elskere, er vakre og rike kvinner innlemmet i sosiale nettverk. I tillegg til selve sexen, søker de også å få venner.

En gang kom en mann inn i den virtuelle chatten. Hans kallenavn var "Svart mann". I dette øyeblikket skalv hun snart fordi hun elsket svarte menn. Legenden sier at de har en ubestridt sjarm.

"Hei, vakkert! "Du kalte den velsignede svarte mannen.

"Hallo, greit? "Svarte den spennende Belinha.

"Alle flotte. Ha en god natt!

"God natt. Jeg elsker svarte mennesker!

"Dette har rørt meg dypt nå! Men er det en spesiell grunn til dette? Hva heter du?

"Vel, grunnen er søsteren min og jeg liker menn, hvis du skjønner hva jeg mener. Når det gjelder navnet, selv om dette er et veldig privat miljø, har jeg ingenting å skjule. Mitt navn er Belinha. Glad for å møte deg.

"Gleden er bare min. Mitt navn er Flavius, og jeg er en genuint hyggelig!

"Jeg følte fasthet i ordene hans. Du mener min intuisjon er riktig?

"Jeg kan ikke svare på det nå, for det ville gjort slutt på hele mysteriet. Hva heter søsteren din?

"Hennes navn er Amelinha.

"Amelinha! Vakkert navn! Kan du beskrive deg selv fysisk?

"Jeg er blond, høy, sterk, langt hår, stor rumpe, middels bryster, og jeg har en skulpturell kropp. Og du?

"Svart farge, en meter og åtti centimeter høy, sterk, flekkete, armer og ben tykk, pent, svidd hår og definerte ansikter.

"Au! Au! Du slår meg på!

"Ikke bekymre deg for det. Hvem kjenner meg, glemmer aldri?

"Vil du gjøre meg gal nå?

DE PERVERSE SØSTRENE

"Beklager det, baby! Det er bare for å legge til litt sjarm til samtalen vår.

"Hvor gammel er du?

"Tjuefem år og din?

"Jeg er trettiåtte år gammel og søsteren min trettifire. Til tross for aldersforskjellen er vi bemerkelsesverdig nære. I barndommen forente vi oss for å overvinne vanskeligheter. Da vi var tenåringer, delte vi drømmene våre. Og nå, i voksen alder, deler vi våre prestasjoner og frustrasjoner. Jeg kan ikke leve uten henne.

"Flott! Denne følelsen av deg er utrolig vakker. Jeg får lyst til å møte dere begge. Er hun like slem som deg?

"På en effektiv måte er hun best på det hun gjør. Veldig smart, vakker og høflig. Min fordel er at jeg er smartere.

"Men jeg ser ikke noe problem i dette. Jeg liker begge deler.

"Liker du det virkelig? Du vet, Amelinha er en spesiell kvinne. Ikke fordi hun er søsteren min, men fordi hun har et stort hjerte. Jeg synes litt synd på henne fordi hun aldri fikk en brudgom. Jeg vet at drømmen hennes er å gifte seg. Hun ble med meg i et opprør fordi jeg ble forrådt av min ledsager. Siden da søker vi bare raske forhold.

"Jeg har full forståelse for det. Jeg er også pervers. Men jeg har ingen spesiell grunn. Jeg vil bare nyte ungdommen min. Du virker som flotte mennesker.

"Tusen takk. Er du virkelig fra Arcoverde?

"Ja, jeg er fra sentrum. Og du?

"Fra Hellig Christopher-området.

"Flott. Bor du alene?

"Ja. I nærheten av busstasjonen.

"Kan du få besøk av en mann i dag?

"Det vil vi gjerne. Men du må klare begge deler. OK?

"Ikke bekymre deg, kjærlighet. Jeg klarer opptil tre.

"Ah, ja! Sann!

" Jeg skal være der. Kan du forklare plasseringen?

"Ja. Det blir min glede.

"Jeg vet hvor det er. Jeg kommer opp dit!

Den svarte mannen forlot rommet og Belinha også. Hun utnyttet det og flyttet til kjøkkenet der hun møtte søsteren. Amelinha vasket de skitne oppvasken til middag.

"God natt til deg, Amelinha. Du vil ikke tro. Gjett hvem som kommer over.

"Jeg aner ikke, søster. Hvem?

"Den Flavius. Jeg møtte ham i det virtuelle chatterommet. Han vil være vår underholdning i dag.

"Hvordan ser han ut?

"Det er Svart mann. Har du noen gang stoppet og tenkt at det kunne være fint? Den stakkars mannen vet ikke hva vi er i stand til!

"Det er virkelig søster! La oss avslutte ham.

"Han vil falle, med meg! "Sa Belinha.

"Nei! Det vil være med meg "Svarte Amelinha.

"En ting er sikkert: Med en av oss vil han falle", konkluderte Belinha.

"Det er sant! Hva med å gjøre alt klart på soverommet?

"God idé. Jeg vil hjelpe deg!

De to umettelige dukkene gikk til rommet og forlot alt som var organisert for mannens ankomst. Så snart de er ferdige, hører de klokken ringe.

DE PERVERSE SØSTRENE

«Er det ham, søster? "Spurte Amelinha.

"La oss sjekke det ut sammen! (Belinha)

"Kom igjen! Amelinha var enig.

Steg for steg passerte de to kvinnene soveromsdøren, passerte spisestuen og kom deretter inn i stuen. De gikk til døren. Når de åpner den, møter de Flavius sjarmerende og mandige smil.

"God natt! Greit? Jeg er Flavius.

"God natt. Du er hjertelig velkommen. Jeg er Belinha som snakket med deg på datamaskinen, og denne søte jenta ved siden av meg er søsteren min.

"Hyggelig å møte deg, Flavius! "Amelinha sa.

"Hyggelig å møte deg. Kan jeg komme inn?

"Helt klart! "De to kvinnene svarte samtidig.

Hingsten hadde tilgang til rommet ved å observere alle detaljer i innredningen. Hva foregikk i det kokende sinnet? Han ble spesielt berørt av hver av de kvinnelige prøvene. Etter et øyeblikk så han dypt inn i øynene til de to horene og sa:

"Er du klar for det jeg har kommet for å gjøre?

"Klar" Bekreftet elskerne!

Trioen stoppet hardt og gikk langt til det større rommet i huset. Ved å lukke døren var de sikre på at himmelen ville gå til helvete i løpet av sekunder. Alt var perfekt: Arrangementet av håndklærne, sexleketøyene, pornofilmen som spilles på tak-tv og den romantiske musikken som er levende. Ingenting kunne ta bort gleden av en flott kveld.

Det første trinnet er å sitte ved sengen. Den svarte mannen begynte å ta av seg klærne til de to kvinnene. Deres lyst og tørst etter sex var så stor at de forårsaket litt angst hos de søte damene. Han tok av seg skjorten og viste bryst og magen godt trent av den daglige treningen på treningsstudioet. Dine gjennomsnittlige hår over hele denne regionen har trukket sukk fra jentene. Etterpå tok han av seg buksene slik at visningen av boks undertøyet følgelig viste volumet og maskuliniteten hans. På dette tidspunktet tillot han dem å berøre orgelet, noe som gjorde det mer oppreist. Uten hemmeligheter kastet han undertøyet og viste alt Gud ga ham.

Han var tjueto centimeter lang, fjorten centimeter i diameter nok til å gjøre dem gale. Uten å kaste bort tid, falt de på ham. De startet med forspillet. Mens den ene svelget kuken hennes i munnen, slikket den andre pungen. I denne operasjonen har det gått tre minutter. Lenge nok til å være helt klar for sex.

Så begynte han å trenge inn i den ene og deretter inn i den andre uten preferanse. Det hyppige tempoet i skyttelbussen forårsaket stønn, skrik og flere orgasmer etter akten. Det var tretti minutter med vaginal sex. Hver og en halv tid. Deretter konkluderte de med oralsex og analsex.

Brannen

Det var en kald, mørk og regnfull natt i hovedstaden i alle skogene i Pernambuco. Det var øyeblikk da frontvinduene nådde hundre kilometer i timen og skremte de fattige søstrene Amelinha og Belinha. De to perverse søstrene møttes i stuen i sin enkle bolig i Hellig Christopher-området. Uten noe å gjøre, snakket de lykkelig om generelle ting.

"Amelinha, hvordan var dagen din på gårdskontoret?

DE PERVERSE SØSTRENE

"Det samme gamle: Jeg organiserte skatteplanleggingen av skatte- og tolladministrasjonen, klarte betaling av skatter, jobbet med forebygging og bekjempelse av skatteunndragelse. Det er krevende arbeid og kjedelig. Men givende og godt betalt. Og du? Hvordan var rutinen din på skolen? "Spurte Amelinha.

"I klassen besto jeg innholdet som veiledet elevene på best mulig måte. Jeg rettet opp feilene og tok to mobiltelefoner av studenter som forstyrret klassen. Jeg ga også klasser i atferd, holdning, dynamikk og nyttige råd. Uansett, foruten å være lærer, er jeg moren deres. Beviset på dette er at jeg i pausen infiltrerte klassen av studenter, og sammen med dem spilte. Etter mitt syn er skolen vårt andre hjem, og vi må ta vare på vennskapene og de menneskelige forbindelsene vi har fra den, svarte Belinha.

«Strålende, lillesøsteren min. Våre arbeider er gode fordi de gir viktige emosjonelle og samhandlingskonstruksjoner mellom mennesker. Ingen mennesker kan leve isolert, enn si uten psykologiske og økonomiske ressurser, analyserte Amelinha.

"Jeg er enig. Arbeid er viktig for oss, da det gjør oss uavhengige av det rådende sexistiske imperiet i vårt samfunn, sier Belinha.

"Akkurat. Vi skal videreføre våre verdier og holdninger. Mennesket er bare godt i sengen, observerte Amelinha.

"Apropos menn, hva synes du om Christian? spurte Belinha.

"Han levde opp til forventningene mine. Etter en slik opplevelse ber mine instinkter og mitt sinn alltid om mer genererende intern misnøye. Hva er din mening? "Spurte Amelinha.

"Det var bra, men jeg føler også som deg: ufullstendig. Jeg er tørr av kjærlighet og sex. Jeg vil i økende grad. Hva har vi for i dag? "Sa Belinha.

"Jeg er tom for ideer. Natten er kald, mørk og mørk. Hører du støyen utenfor? Det er mye regn, intens vind, lyn og torden. Jeg er redd! "Sa Amelinha.

"Jeg også! "Belinha tilsto.

I dette øyeblikket høres en tordnende tordenbolt gjennom Arcoverde. Amelinha hopper i fanget på Belinha som skriker av smerte og fortvilelse. Samtidig mangler strøm, noe som gjør dem begge desperate.

"Hva nå? Hva skal vi gjøre Belinha? "Spurte Amelinha.

"Gå av meg, tispe! Jeg vil få lysene! "Sa Belinha. Belinha dyttet søsteren forsiktig til siden av sofaen mens hun famlet veggene for å komme til kjøkkenet. Siden huset er lite, tar det ikke lang tid å fullføre denne operasjonen. Ved hjelp av takt tar han lysene i skapet og tenner dem med fyrstikkene strategisk plassert på toppen av ovnen.

Med tenningen av lyset går hun rolig tilbake til rommet der han møter søsteren sin med et mystisk smil på vidt gap i ansiktet. Hva holdt hun på med?

"Du kan lufte, søster! Jeg vet at du tenker noe, sa Belinha.

"Hva om vi ringte brannvesenet for å varsle om brann? Sa Amelinha.

"La meg få dette rett. Vil du finne opp en fiktiv brann for å lokke disse mennene? Hva om vi blir arrestert? "Belinha var redd.

"Min kollega! Jeg er sikker på at de vil elske overraskelsen. Hva bedre må de gjøre på en mørk og kjedelig kveld som dette? "Sa Amelinha.

"Du har rett. De vil takke deg for moroa. Vi vil bryte brannen som fortærer oss fra innsiden. Nå kommer spørsmålet: Hvem skal ha mot til å ringe dem? "Spurte Belinha.

"Jeg er veldig sjenert. Jeg overlater denne oppgaven til deg, min søster, sa Amelinha.

"Alltid meg. OK. Uansett hva som skjer Amelinha. " konkluderte Belinha.

Når han reiser seg fra sofaen, går Belinha til bordet i hjørnet der mobilen er installert. Hun ringer brannvesenets nødnummer og venter på å bli besvart. Etter noen berøringer hører han en dyp, fast stemme som snakker fra den andre siden.

"God natt. Dette er brannvesenet. Hva vil du ha?

"Mitt navn er Belinha. Jeg bor i Hellig Christopher-området her i Arcoverde. Min søster og jeg er desperate etter alt dette regnet. Da strømmen gikk ut her i huset vårt, forårsaket en kortslutning, begynte å sette gjenstandene i brann. Heldigvis gikk søsteren min og jeg ut. Brannen fortærer sakte huset. Vi trenger hjelp fra brannmannskapene, sier jenta.

"Ta det med ro, min venn. Vi er der snart. Kan du gi detaljert informasjon om hvor du befinner deg? "Spurte brannmannen på vakt.

"Huset mitt ligger akkurat på Central Avenue, tredje hus til høyre. Er det greit for deg?

"Jeg vet hvor det er. Vi vil være der om noen minutter. Vær rolig, sier brannmannen.

"Vi venter. Takk! "Takk Belinha.

Da de kom tilbake til sofaen med et bredt glis, slapp de to av putene og fnyste av moroa de gjorde. Dette anbefales imidlertid ikke å gjøre med mindre de var to horer som dem.

Omtrent ti minutter senere hørte de at det banket på døren og gikk for å svare på den. Da de åpnet døren, møtte de tre magiske ansikter, hver med sin karakteristiske skjønnhet. Den ene var svart, seks meter høy, ben og armer middels. En annen var mørk, en meter og nitti høy, muskuløs og skulpturell. En tredje var hvit, kort og tynn, men veldig glad. Den hvite gutten ønsker å presentere seg:

"Hei, damer, god natt! Mitt navn er Roberto. Denne mannen ved siden av heter Matteus og den brune mannen, Filip. Hva heter du og hvor er brannen?

"Jeg er Belinha, jeg snakket med deg på telefonen. Denne brunhårede personen her er min søster Amelinha. Kom inn og jeg vil forklare det for deg.

"Greit. De tok inn de tre brannmennene samtidig.

Kvintetten kom inn i huset, og alt virket normalt fordi strømmen hadde kommet tilbake. De legger seg på sofaen i stuen sammen med jentene. Mistenksomme, de snakker.

"Brannen er over, er det vel? spurte Matthew.

"Ja. Vi kontrollerer det allerede takket være en heroisk innsats" forklarte Amelinha.

–Synd! Jeg har hatt lyst til å jobbe. Der på brakkene er rutinen så ensformig, sier Felipe.

"Jeg har en idé. Hva med å jobbe på en mer behagelig måte? "Belinha foreslo.

"Du mener at du er det jeg tror? "Spurte Felipe.

"Ja. Vi er single kvinner som elsker nytelse. I humør for moro skyld? "Spurte Belinha.

"Bare hvis du går nå" svarte mannen.

"Jeg er også med" bekreftet Brown Man.

"Vent på meg" Den hvite gutten er tilgjengelig.

"Så la oss," sa jentene.

Kvintetten kom inn i rommet og delte en dobbeltseng. Så begynte sexorgien. Belinha og Amelinha byttet på å delta på gleden til de tre brannmennene. Alt virket magisk, og det var ingen bedre følelse enn å være sammen med dem. Med varierte gaver opplevde de seksuelle og posisjonelle variasjoner som skapte et perfekt bilde.

Jentene virket umettelige i sin seksuelle iver som drev disse fagfolkene til vanvidd. De gikk gjennom natten og hadde sex og gleden så aldri ut til å ta slutt. De dro ikke før de fikk en hastetelefon fra jobben. De sluttet og gikk for å svare på politianmeldelsen. Likevel ville de aldri glemme den fantastiske opplevelsen sammen med "Perverse søstre".

Medisinsk konsultasjon

Det gikk opp for den vakre utmarkshovedstaden. Vanligvis våknet de to perverse søstrene tidlig. Men da de reiste seg, følte de seg ikke bra. Mens Amelinha fortsatte å nyse, følte søsteren Belinha seg litt kvalt. Disse fakta kom fra kvelden før i Virginia krigsplassen hvor de drakk, kysset på munnen og fnyste harmonisk i den rolige natten.

Siden de ikke følte seg bra og uten styrke til noe, satt de

i sofaen og tenkte religiøst på hva de skulle gjøre fordi faglige forpliktelser ventet på å bli løst.

"Hva gjør vi, søster? Jeg er helt andpusten og utmattet, sier Belinha.

"Fortell meg om det! Jeg har hodepine og begynner å få et virus. Vi er fortapt! "Sa Amelinha.

"Men jeg tror ikke det er noen grunn til å gå glipp av jobb! Folk er avhengige av oss! "Sa Belinha

"Ro deg ned, la oss ikke få panikk! Hva med å bli med på det fine? "Foreslo Amelinha.

"Ikke fortell meg at du tenker hva jeg tenker …. "Belinha ble overrasket.

"Det stemmer. La oss gå til legen sammen! Det vil være en god grunn til å gå glipp av arbeid, og hvem vet at det ikke skjer det vi ønsker! "Sa Amelinha

"God idé! Så, hva venter vi på? La oss gjøre oss klare! "Spurte Belinha.

"Kom igjen! "Amelinha var enig.

De to gikk til sine respektive innhegninger. De var så begeistret for avgjørelsen; de så ikke engang syke ut. Var det bare deres oppfinnelse? Tilgi meg, leser, la oss ikke tenke dårlig på våre kjære venner. I stedet vil vi følge dem i dette spennende nye kapittelet i deres liv.

På soverommet badet de i suitene sine, tok på seg nye klær og sko, kjemmet det lange håret, tok på seg en fransk parfyme og gikk deretter til kjøkkenet. Der knuste de egg og ost som fylte to brød og spiste med en kald juice. Alt var utrolig deilig. Likevel så de ikke ut til å føle det fordi angsten og nervøsiteten foran legetimen var gigantisk.

DE PERVERSE SØSTRENE

Med alt klart, forlot de kjøkkenet for å gå ut av huset. For hvert skritt de tok, banket deres små hjerter av følelsestanker i en helt ny opplevelse. Velsignet være de alle! Optimismen tok tak i dem og var noe som skulle følges av andre!

På utsiden av huset går de til garasjen. De åpner døren på to forsøk, og står foran den beskjedne røde bilen. Til tross for deres gode smak i biler, foretrakk de de populære fremfor klassikerne av frykt for den vanlige volden som finnes i alle brasilianske regioner.

Uten forsinkelse går jentene forsiktig inn i bilen og gir avkjørselen, og deretter lukker en av dem garasjen som kommer tilbake til bilen umiddelbart etter. Hvem kjører er Amelinha med erfaring allerede ti år? Belinha har ennå ikke lov til å kjøre.

Den merkbart korte ruten mellom hjemmet og sykehuset er gjort med sikkerhet, harmoni og ro. I det øyeblikket hadde de den falske følelsen av at de kunne gjøre hva som helst. Motstridende var de redde for hans list og frihet. De ble selv overrasket over handlingene som ble tatt. Det var ikke for noe mindre at de ble kalt slutte gode jævler!

Da de ankom sykehuset, avtalte de timen og ventet på å bli tilkalt. I dette tidsintervallet benyttet de seg av å lage en matbit og utvekslet meldinger gjennom mobilapplikasjonen med sine kjære seksuelle tjenere. Mer kynisk og munter enn disse, var det umulig å være!

Etter en stund er det deres tur til å bli sett. Uatskillelige går de inn på omsorgskontoret. Når dette skjer, har legen nesten et hjerteinfarkt. Foran dem var et sjeldent stykke av en mann: En høy blondhåret person, en meter og nitti centimeter høy, skjeggete, hår som danner en hestehale, muskuløse armer og bryster, naturlige ansikter med et engleaktig utseende. Allerede før de å komme med en reaksjon, inviterer han:

"Sett deg ned, dere begge!

"Takk skal du ha! "De sa begge deler.

De to har tid til å gjøre en rask analyse av miljøet: Foran servicebordet, legen, stolen han satt i og bak et skap. På høyre side, en seng. På veggen henger ekspresjonistiske malerier av forfatteren Cândido Portinari som skildrer mannen fra landsbygda. Atmosfæren er veldig koselig å forlate jentene rolig. Atmosfæren av avslapning brytes av det formelle aspektet av konsultasjonen.

"Fortell meg hva du føler, jenter!

Det hørtes uformelt ut for jentene. Hvor søt var ikke den blonde mannen! Det må ha vært deilig å spise.

"Hodepine, utilsiktet het og virus! "Fortalte Amelinha.

"Jeg er andpusten og sliten! "Hevdet Belinha.

"Det er helt greit! La meg se! Legg deg ned på sengen! "Doktoren spurte.

Horene pustet knapt på denne forespørselen. Den profesjonelle fikk dem til å ta av seg en del av klærne og følte dem i ulike deler som forårsaket kulderystelser og kaldsvette. Da han skjønte at det ikke var noe alvorlig med dem, spøkte ledsageren:

"Alt ser perfekt ut! Hva vil du at de skal være redde for? En injeksjon i rumpa?

"Jeg stortrives! Hvis det er en stor og tykk injeksjon enda bedre! "Sa Belinha.

"Vil du søke sakte, kjærlighet? "Sa Amelinha.

DE PERVERSE SØSTRENE

"Du er allerede ber for mye! "Noterte klinikeren.

Når han forsiktig lukker døren, faller han på jentene som et vilt dyr. Først tar han resten av klærne av kroppene. Dette skjerper libido en hans enda mer. Ved å være helt naken, beundrer han et øyeblikk de skulpturelle skapningene. Så er det hans tur til å vise seg frem. Han sørger for at de tar av seg klærne. Dette øker samspillet og intimiteten mellom gruppen.

Med alt klart, begynner de forberedelsene til sex. Ved å bruke tungen i følsomme deler som anus, rumpe og øre, forårsaker blondinen mini nytelsesorgasmer hos begge kvinnene. Alt gikk bra selv når noen fortsatte å banke på døren. Ingen vei ut, må han svare. Han går litt og åpner døren. Ved å gjøre det, kommer han over sykepleieren: et slankt to løp person, med tynne ben og eksepsjonelt lav.

"Doktor, jeg har et spørsmål om pasientens medisinering: er det fem eller tre hundre milligram Aspirin? "Spurte Roberto viser en oppskrift.

"Fem hundre! "Bekreftet Alex.

I dette øyeblikket så sykepleieren føttene til de nakne jentene som prøvde å gjemme seg. Lo innvendig.

"Tuller litt, ikke sant, Doc? Ikke engang ring vennene dine!
"Unnskyld meg! Vil du bli med i gjengen?
"Det vil jeg gjerne!
"Så kom!

De to kom inn i rommet og lukket døren bak seg. Mer enn raskt tok den to løp personen av seg klærne. Naken viste han sin lange, tykke, veite mast som et trofé. Belinha var henrykt og ga ham snart oralsex. Alex krevde også at Amelinha skulle gjøre det samme med ham. Etter muntlig begynte de anal.

I denne delen fant Belinha det svært vanskelig å holde fast i sykepleierens monstrum. Men når den kom inn i hullet, var deres glede enorm. På den annen side følte de ingen problemer fordi deres penis var normal.

Deretter hadde de vaginal sex i ulike stillinger. Bevegelsen av frem og tilbake i hulrommet forårsaket hallusinasjoner i dem. Etter dette stadiet forente de fire seg i en gruppesex. Det var den beste opplevelsen der de gjenværende energiene ble brukt. Femten minutter senere var de begge utsolgt. For søstrene ville sex aldri ta slutt, men godt som de ble respektert skrøpeligheten til disse mennene. De ønsket ikke å forstyrre arbeidet sitt, og sluttet å ta sertifikatet for begrunnelse for arbeidet og deres personlige telefon. De dro helt komponert uten å vekke noens oppmerksomhet under sykehusoverfarten.

Da de kom til parkeringsplassen, gikk de inn i bilen og startet veien tilbake. Lykkelige som de er, tenkte de allerede på sitt neste seksuelle ugagn. De perverse søstrene var virkelig noe!

Privat leksjon

Det var en ettermiddag som alle andre. Nykommere fra jobb, de perverse søstrene var opptatt med husarbeid. Etter å ha fullført alle oppgavene, samlet de seg i rommet for å hvile litt. Mens Amelinha leste en bok, brukte Belinha mobilt internett til å bla gjennom favorittnettstedene sine.

På et tidspunkt skriker den andre høyt i rommet, noe som skremmer søsteren.

"Hva er det, jente? Er du gæren?" Spurte Amelinha.

"Jeg har nettopp fått tilgang til nettsiden til konkurranser som har en takknemlig overraskelse" informerte Belinha.

"Fortell meg mer!

"Registreringer av den føderale regionale domstolen er åpne. La oss gjøre?

"God samtale, søsteren min! Hva er lønnen?

"Mer enn ti tusen innledende dollar.

"Veldig bra! Jobben min er bedre. Men jeg vil gjøre konkurransen fordi jeg forbereder meg til å se etter andre arrangementer. Det vil tjene som et eksperiment.

"Du gjør det veldig bra! Du oppmuntrer meg. Nå vet jeg ikke hvor jeg skal begynne. Kan du gi meg tips?

"Kjøp et virtuelt kurs, still mange spørsmål på teststedene, gjør og gjør om tidligere tester, skriv blant annet oppsummeringer, se tips og last ned godt materiell på internett.

"Takk skal du ha! Jeg vil ta alt dette rådet! Men jeg trenger noe mer. Se, søster, siden vi har penger, hva med å betale for en privattime?

"Det hadde jeg ikke tenkt på. Det er en innovativ idé! Har du noen forslag til en kompetent person?

"Jeg har en veldig kompetent lærer her fra Arcoverde i telefonkontakten min. Se på bildet hans!

Belinha ga søsteren mobiltelefonen sin. Da hun så guttens bilde, var hun i ekstase. Foruten kjekk, var han smart! Det ville være et perfekt offer for paret som ble med på det nyttige for det hyggelige.

"Hva venter vi på? Få ham, søster! Vi må studere snart. "Amelinha sa.

"Du har det! "Belinha takket ja.

Da hun reiste seg fra sofaen, begynte hun å ringe telefonnumrene på nummertastaturet. Når samtalen er gjort, vil det bare ta noen få øyeblikk å bli besvart.

"Hei. Dere alle, ikke sant?

"Alt er bra, Renato.

"Send ut bestillingene.

"Jeg surfet på Internett da jeg oppdaget at søknader om den føderale regionale domstols konkurransen er åpne. Jeg kalte tankene mine umiddelbart som en respektabel lærer. Husker du skolesesongen?

"Jeg husker den tiden godt. Gode tider de som ikke kommer tilbake!

"Det stemmer! Har du tid til å gi oss en privattime?

"For en samtale, unge dame! For deg har jeg alltid tid! Hvilken dato setter vi?

"Kan vi gjøre det i morgen klokken 02:00? Vi må komme i gang!

"Selvfølgelig gjør jeg det! Med min hjelp sier jeg ydmykt at sjansene for å passere øker utrolig.

"Jeg er sikker på det!

"Så bra! Du kan forvente meg klokken 02:00.

"Tusen takk! Ses i morgen!

"Vi sees senere!

Belinha la på telefonen og skisserte et smil til kameraten. Amelinha mistenkte svaret og spurte:

"Hvordan gikk det?

"Han takket ja. I morgen klokken 02.00 er han her.

"Så bra! Nervene dreper meg!

"Bare ta det med ro, søster! Det kommer til å gå bra.

DE PERVERSE SØSTRENE

"Amen!

"Skal vi lage middag? Jeg er allerede sulten!

"Godt husket.!

Paret gikk fra stuen til kjøkkenet hvor i et hyggelig miljø snakket, lekte og kokte blant andre aktiviteter. De var eksemplariske figurer av søstre forent av smerte og ensomhet. Det faktum at de var bastarder i sex, kvalifiserte dem bare enda mer. Som dere alle vet, har den brasilianske kvinnen varmt blod.

Kort tid etter forblødet de seg rundt bordet og tenkte på livet og dets omskiftelser.

"Spise denne deilige Kylling krem, husker jeg den svarte mannen og brannmenn! Øyeblikk som aldri ser ut til å passere! "Belinha sa!

"Fortell meg om det! De gutta er deilig! For ikke å snakke om sykepleieren og legen! Jeg elsket det også! "Husket Amelinha!

"Sant nok, søsteren min! Å ha en vakker mast enhver mann blir hyggelig! Måtte feministene tilgi meg!

"Vi trenger ikke å være så radikale ...!

De to ler og fortsetter å spise maten på bordet. Et øyeblikk var det ingenting annet som betydde noe. De var alene i verden, og det kvalifiserte dem som gudinner av skjønnhet og kjærlighet. Fordi det viktigste er å føle seg bra og ha selvtillit.

Trygge på seg selv fortsetter de i familieritualet. På slutten av dette stadiet surfer de på internett, hører på musikk på stuestereoen, ser såpeoperaer og senere en pornofilm. Dette rushet etterlater dem andpustne og slitne og tvinger dem til å hvile i sine respektive rom. De ventet spent på neste dag.

Det vil ikke vare lenge før de faller i en dyp søvn. Bortsett fra mareritt, foregår natt og daggry innenfor det normale området. Så snart daggry kommer, står de opp og begynner å følge den normale rutinen: Bad, frokost, arbeid, retur hjem, bad, lunsj, lur og flytt til rommet der de venter på det planlagte besøket.

Når de hører banking på døren, reiser Belinha seg og går for å svare. Ved å gjøre det, kommer han over den smilende læreren. Dette ga ham god indre tilfredshet.

«Velkommen tilbake, min venn! Klar til å lære oss?

"Ja, veldig, veldig klar! Takk igjen for denne muligheten! "Sa Renato.

"La oss gå inn! " Sa Belinha.

Gutten tenkte ikke to ganger og aksepterte forespørselen fra jenta. Han hilste på Amelinha og satte seg i sofaen på signalet hennes. Hans første holdning var å ta av den svarte strikkede blusen fordi den var for varm. Med dette forlot han sin velarbeidede brystplate i treningsstudioet, svetten dryppet og hans mørkhudede lys. Alle disse detaljene var et naturlig afrodisiakum for de to "Perverse".

Ved å late som ingenting skjedde, ble det innledet en samtale mellom de tre.

"Forberedte du en god klasse, professor? "Spurte Amelinha.

"Ja! La oss starte med hvilken artikkel? "Spurte Renato.

"Jeg vet ikke ... "sa Amelinha.

"Hva med at vi har det gøy først? Etter at du tok av deg skjorta, ble jeg våt! "Bekjente Belinha.

"Jeg også" sa Amelinha.

"Dere to er virkelig sex galninger! Er det ikke det jeg elsker? "Sa mesteren.

DE PERVERSE SØSTRENE

Uten å vente på svar, tok han av seg de blå jeansene som viste adduktormusklene i låret, solbrillene som viste de blå øynene og til slutt undertøyet som viste en perfeksjon av lang penis, middels tykkelse og med trekantet hode. Det var nok til at de små horene falt på toppen og begynte å nyte den mandige, joviale kroppen. Med hans hjelp tok de av seg klærne og startet forberedelsene til sex.

Kort sagt, dette var et fantastisk seksuelt møte hvor de opplevde mange nye ting. Det var førti minutter med vill sex i fullstendig harmoni. I disse øyeblikkene var følelsene så store at de ikke engang la merke til tid og rom. Derfor var de uendelige gjennom Guds kjærlighet.

Da de nådde ekstase, hvilte de litt på sofaen. De studerte deretter disiplinene som konkurrentene ladet. Som studenter var de to hjelpsomme, intelligente og disiplinerte, noe som ble notert av læreren. Jeg er sikker på at de var på vei til godkjenning.

Tre timer senere sluttet de å love nye studiemøter. Lykkelige i livet gikk de perverse søstrene for å ta vare på sine andre plikter og tenkte allerede på sine neste eventyr. De var kjent i byen som " Den umettelige ".

Konkurranse test

Det har gått en stund. I omtrent to måneder viet de perverse søstrene seg til konkurransen i henhold til den tilgjengelige tiden. Hver dag som gikk, var de mer forberedt på det som kom og gikk. Samtidig var det seksuelle møter, og i disse øyeblikkene ble de frigjort.

Testdagen var endelig kommet. De to søstrene dro tidlig fra hovedstaden i innlandet, og begynte å gå BR 232-motorveien med en total rute på 250 km. På veien passerte de hovedpunktene i det indre av staten: Pesqueira, vakker hage, Hellig Cajetan, Caruaru, Gravatá, kalver og seier til Hellig Antao. Hver av disse byene hadde en historie å fortelle, og fra deres erfaring absorberte de den helt. Hvor godt det var å se fjellene, Atlanterhavsskogen, brasiliansk savanne, gårdene, gårdene, landsbyene, småbyene og å nippe til den rene luften som kommer fra skogene. Pernambuco var en fantastisk stat!

Når de går inn i den urbane omkretsen av hovedstaden, feirer de den gode realiseringen av reisen. Ta hovedgaten til nabolaget god tur hvor de ville utføre testen. På veien møter de overbelastet trafikk, likegyldighet fra fremmede, forurenset luft og mangel på veiledning. Men de klarte det til slutt. De går inn i den respektive bygningen, identifiserer seg og begynner testen som vil vare i to perioder. I løpet av den første delen av testen er de helt fokusert på utfordringen med flervalgs spørsmål. Vel, utarbeidet av banken som var ansvarlig for arrangementet, førte til de mest varierte utdypningene av de to. Etter deres syn gjorde de det bra. Da de tok pausen, gikk de ut for lunsj og en juice på en restaurant foran bygningen. Disse øyeblikkene var viktige for at de skulle opprettholde tilliten, forholdet og vennskapet.

Etter det gikk de tilbake til teststedet. Så begynte den andre perioden av arrangementet med problemer som omhandler andre fagområder. Selv uten å holde samme tempo, var de fortsatt veldig observante i sine svar. De beviste på denne måten at den beste måten å bestå konkurranser på er å vie mye til studier. En stund senere avsluttet de sin selvsikre deltakelse. De overleverte bevisene, returnerte til bilen og beveget seg mot stranden i nærheten.

På veien spilte de, skrudde på lyden, kommenterte løpet og avanserte i gatene i Recife og så på de opplyste gatene i hovedstaden fordi det var natt. De undrer seg over skuespillet som er sett. Ikke rart at byen er kjent som "hovedstaden i tropene". Solnedgangen gir miljøet et enda mer fantastisk utseende. Så fint å være der i det øyeblikket!

Da de nådde det nye punktet, nærmet de seg havets bredder og lanserte deretter i det kalde og rolige vannet. Følelsen provosert er ekstatisk av glede, tilfredshet, tilfredshet og fred. Mister oversikten over tiden, de svømmer til de er slitne. Etter det ligger de på stranden i stjernelys uten frykt eller bekymring. Magi tok tak i dem briljant. Et ord som skulle brukes i dette tilfellet var " Ufattelig".".

På et tidspunkt, med stranden nesten øde, er det en tilnærming av to menn av jentene. De prøver å stå opp og løpe i møte med fare. Men de blir stoppet av guttenes sterke armer.

"Ta det med ro, jenter! Vi kommer ikke til å skade deg! Vi ber bare om litt oppmerksomhet og kjærlighet! "En av dem snakket.

Konfrontert med den myke tonen, lo jentene av følelser. Hvis de ønsket sex, hvorfor ikke tilfredsstille dem? De var eksperter på denne kunsten. Som svar på deres forventninger reiste de seg og hjalp dem med å ta av seg klærne. De leverte to kondomer og laget en striptease. Det var nok til å gjøre de to mennene gale.

Da de falt til bakken, elsket de hverandre i par og

bevegelsene deres fikk gulvet til å riste. De tillot seg alle de seksuelle variasjonene og ønskene til begge. På dette leveringstidspunktet brydde de seg ikke om noe eller noen. For dem var de alene i universet i et stort ritual av kjærlighet uten fordommer. I sex var de helt sammenflettet og produserte en kraft som aldri ble sett. Som instrumenter var de en del av en større kraft i fortsettelsen av livet.

Bare utmattelse tvinger dem til å stoppe. Helt fornøyd slutter mennene og går bort. Jentene bestemmer seg for å gå tilbake til bilen. De begynner reisen tilbake til boligen sin. Vel, de tok med seg sine erfaringer og forventet gode nyheter om konkurransen de deltok i. De fortjente absolutt lykken i verden.

Tre timer senere kom de hjem i fred. De takker Gud for velsignelsene som gis ved å sovne. Her om dagen ventet jeg på flere følelser for de to galningene.

Lærerens retur

Daggry. Solen står tidlig opp med sine stråler som passerer gjennom sprekkene i vinduet som går for å kjærtegne ansiktene til våre kjære tegn. I tillegg bidro den fine morgenbrisen til å skape stemning i dem. Så fint det var å få muligheten til en ny dag med Fars velsignelse. Sakte reiser de to seg fra hver sin seng samtidig. Etter bading finner møtet sted i baldakinen hvor de tilbereder frokost sammen. Det er et øyeblikk av glede, forventning og distraksjon som deler opplevelser på utrolig fantastiske tider.

Etter at frokosten er klar, samles de rundt bordet

DE PERVERSE SØSTRENE

komfortabelt sittende på trestoler med ryggstøtte til søylen. Mens de spiser, utveksler de intime opplevelser.

Belinha

Søsteren min, hva var det?

Amelinha

Rene følelser! Jeg husker fortsatt hver eneste detalj av kroppene til de kjære drittsekker!

Belinha

Jeg også! Jeg følte en enorm glede. Det var nesten oversanselig.

Amelinha

Jeg vet det! La oss gjøre disse sprø tingene oftere!

Belinha

Enig!

Amelinha

Likte du testen?

Belinha

Jeg elsket det. Jeg dør for å sjekke prestasjonen min!

Amelinha

Jeg også!

Så snart de var ferdige med å mate, plukket jentene opp mobiltelefonene sine ved å få tilgang til mobilt internett. De navigerte til organisasjonens side for å sjekke tilbakemeldingen på beviset. De skrev det ned på papir og gikk til rommet for å sjekke svarene.

Inne hoppet de av glede da de så den gode. De hadde gått! Følelsen føltes ikke kunne begrenses akkurat nå. Etter å ha feiret mye, har han den beste ideen: Inviter mester Renato slik at de kan feire misjonens suksess. Belinha er igjen ansvarlig for oppdraget. Hun tar opp telefonen og ringer.

Belinha

Hei?

Renato

Hei, går det bra med deg? Hvordan har du det, søte Belle?

Belinha

Veldig bra! Gjett hva som nettopp skjedde.

Renato

Ikke fortell meg at du ….

Belinha

Ja! Vi passerte konkurransen!

Renato

Mine gratulasjoner! Fortalte jeg deg ikke det?

Belinha

Jeg vil takke deg veldig mye for samarbeidet på alle måter. Du forstår meg, ikke sant?

Renato

Jeg forstår. Vi må sette opp noe. Helst hjemme hos deg.

Belinha

Det var nettopp derfor jeg ringte. Kan vi gjøre det i dag?

Renato

Ja! Jeg kan gjøre det i kveld.

Belinha

Under. Vi forventer at du da klokken åtte om natten.

Renato

OK. Kan jeg ta med broren min?

Belinha

Selvfølgelig!

Renato
Sees senere!
Belinha
Sees senere!
Tilkoblingen avsluttes. Når hun ser på søsteren, slipper Belinha ut en latter av lykke. Nysgjerrig spør den andre:
Amelinha
Hva så? han kommer?
Belinha
Det er greit! Klokken åtte i kveld blir vi gjenforent. Han og broren kommer! Har du tenkt på orgie?
Amelinha
Fortell meg om det! Jeg er allerede bankende av følelser!
Belinha
La det være hjerte! Jeg håper det ordner seg!
Amelinha
"Alt har ordnet seg!
De to ler samtidig som de fyller miljøet med positive vibrasjoner. I det øyeblikket var jeg ikke i tvil om at skjebnen konspirerte for en morsom kveld for den galne duoen. De hadde allerede oppnådd så mange stadier sammen at de ikke ville svekkes nå. De bør derfor fortsette å idolisere menn som en seksuell lek og deretter kaste dem bort. Det var det minste rase kunne gjøre for å betale for deres lidelse. Faktisk fortjener ingen kvinne å lide. Eller rettere sagt, hver kvinne fortjener ingen smerte.

På tide å komme seg på jobb. Etter å ha forlatt rommet allerede klart, går de to søstrene til garasjen hvor de forlater i sin private bil. Amelinha tar Belinha til skolen først og drar deretter til gårdskontoret. Der utstråler hun glede og forteller de profesjonelle nyhetene. For godkjenning av konkurransen mottar han gratulasjoner fra alle. Det samme skjer med Belinha.

Senere kommer de hjem og møtes igjen. Deretter begynner forberedelsene til å motta kollegene dine. Dagen lovet å bli enda mer spesiell.

Akkurat til planlagt tid hører de banking på døren. Belinha, den smarteste av dem, reiser seg og svarer. Med faste og trygge skritt setter han seg inn døren og åpner den sakte. Når denne operasjonen er fullført, visualiserer han brødreparet. Med et signal fra verten går de inn og legger seg på sofaen i stuen.

Renato
Dette er min bror. Hans navn er Ricardo.
Belinha
Hyggelig å møte deg, Ricardo.
Amelinha
Du er velkommen hit!
Ricardo
Jeg takker dere begge. Gleden er bare min!
Renato
Jeg er klar! Kan vi bare gå til rommet?
Belinha
Kom igjen!
Amelinha
Hvem får hvem nå?
Renato
Jeg velger Belinha selv.
Belinha

Takk, Renato, takk! Vi er sammen!

Ricardo

Jeg vil gjerne bo hos Amelinha!

Amelinha

Du kommer til å skjelve!

Ricardo

Vi får se!

Belinha

Så la festen begynne!

Mennene plasserte forsiktig kvinnene på armen og bar dem opp til sengene som lå på soverommet til en av dem. Når de kommer til stedet, tar de av seg klærne og faller i de vakre møblene som starter kjærlighetsritualet i flere stillinger, utveksler kjærtegn og medvirkning. Spenningen og gleden var så stor at stønnene som ble produsert kunne høres over gaten som skandaliserte naboene. Jeg mener, ikke så mye, fordi de allerede visste om deres berømmelse.

Med konklusjonen fra toppen går elskerne tilbake til kjøkkenet hvor de drikker juice med kaker. Mens de spiser, chatter de i to timer, noe som øker gruppens interaksjon. Hvor godt det var å være der og lære om livet og hvordan man skal være lykkelig. Tilfredshet er å ha det bra med deg selv og med verden som bekrefter sine erfaringer og verdier før andre bærer vissheten om ikke å kunne bli dømt av andre. Derfor var det maksimale de trodde "Hver og en er sin egen person".

Ved mørkets frembrudd sier de endelig farvel. De besøkende forlater "Kjære Pyreneene" enda mer euforisk når de tenker på nye situasjoner. Verden bare fortsatte å vende seg mot de to fortrolige. Måtte de være heldige!

ALDIVAN TORRES

Den maniske klovnen

Søndagen kom og med ham mange nyheter i byen. Blant dem, ankomsten av et sirkus kalt " Superstjerne ", kjent over hele Brasil. Det var alt vi snakket om i området. Nysgjerrig medfødt, programmerte de to søstrene til å delta på åpningen av showet som var planlagt for denne kvelden.

Nær timeplanen var de to allerede klare til å gå ut etter en spesiell middag for deres ugifte personfeiring. Kledd for gallaen, begge paradert i samtidig, hvor de forlot huset og gikk inn i garasjen. Når de går inn i bilen, starter de med at en av dem kommer ned og lukker garasjen. Med retur av det samme, kan reisen gjenopptas uten ytterligere problemer.

Forlater distriktet Hellig Christopher, hodet mot distriktet Boa Vista i den andre enden av byen, hovedstaden i innlandet med rundt åtti tusen innbyggere. Når de går langs de rolige avenyene, blir de overrasket over arkitekturen, juledekorasjonen, folkets ånder, kirkene, fjellene de syntes å snakke om, de duftende ordspillene som ble utvekslet i medvirkning, lyden av høy rock, den franske parfymen, samtalene om politikk, næringsliv, samfunn, fester, nordøstlig kultur og hemmeligheter. Uansett, de var helt avslappet, engstelige, nervøse og konsentrerte.

På veien, umiddelbart, faller et fint regn. Mot forventningene åpner jentene bilvinduene og får små vanndråper til å smøre ansiktene sine. Denne gesten viser deres enkelhet og autentisitet, sanne selv-astrale mestere. Dette er det beste alternativet for folk. Hva er poenget med å fjerne feil, rastløshet og smerte fra fortiden? De ville ikke ta dem med noe sted. Derfor var de lykkelige gjennom sine valg. Selv om verden dømte dem, brydde de seg ikke fordi de eide sin skjebne. Gratulerer med dagen til dem!

Omtrent ti minutter ut er de allerede på parkeringsplassen knyttet til sirkuset. De lukker bilen, går noen få meter inn i den indre gårdsplassen i miljøet. For å komme tidlig, sitter de på de første tribune. Mens du venter på showet, kjøper de popcorn, øl, slipper tull og stille ordspill. Det var ikke noe bedre enn å være i sirkuset!

Førti minutter senere er showet innledet. Blant attraksjonene er spøkefulle klovner, akrobater, trapesartister, slangemenneske, dødskloden, tryllekunstnere, gjøglere og et musikalsk show. I tre timer lever de magiske øyeblikk, morsomme, distrahert, leker og blir forelsket, til slutt, lever. Med bruddet på showet sørger de for å gå til garderoben og hilse på en av klovnene. Han hadde gjennomført stuntet med å muntre dem opp som om det aldri skjedde.

Oppe på scenen må du få en linje. Tilfeldigvis er de de siste som går inn i garderoben. Der finner de en vansiret klovn, borte fra scenen.

"Vi kom hit for å gratulere deg med ditt flotte show. Det er en Guds gave i det! Han så på Belinha.

"Dine ord og dine gester har rystet min ånd. Jeg vet ikke, men jeg la merke til en tristhet i øynene dine. Har jeg rett?

"Takk begge for ordene. Hva heter du? Svarte klovnen.

"Mitt navn er Amelinha!

"Mitt navn er Belinha.

"Hyggelig å møte deg. Du kan kalle meg Gilbert! Jeg har vært gjennom nok smerte i dette livet. En av dem var den nylige separasjonen fra min kone. Du må forstå at det ikke er lett å skille seg fra kona etter 20 års levetid, ikke sant? Uansett er jeg glad for å oppfylle kunsten min.

"Stakkars fyr! Beklager! (Amelinha).

"Hva kan vi gjøre for å muntre ham opp? (Belinha).

"Jeg vet ikke hvordan. Etter min kones samlivsbrudd savner jeg henne så mye. (Gilbert).

"Vi kan fikse dette, kan vi ikke, søster? (Belinha).

"Helt klart. Du er en pen mann. (Amelinha)

"Takk, jenter. Du er fantastisk. utbrøt Gilbert.

Uten å vente lenger, gikk den hvite, høye, sterke, mørkøyde mandige avkledningen, og damene fulgte hans eksempel. Naken gikk trioen inn i forspillet der på gulvet. Mer enn en utveksling av følelser og banning, moret sex dem og oppmuntret dem. I disse korte øyeblikkene følte de deler av en større kraft, Guds kjærlighet. Gjennom kjærlighet nådde de den større ekstasen et menneske kunne oppnå.

Etter å ha fullført handlingen, kler de seg ut og sier farvel. Det ene skrittet til og konklusjonen som kom var at mannen var en vill ulv. En manisk klovn du aldri vil glemme. Ikke mer, de forlater sirkuset og flytter til parkeringsplassen. De setter seg i bilen og starter veien tilbake. De neste dagene ble lovet flere overraskelser.

Den andre daggry har kommet vakrere enn noensinne. Tidlig om morgenen er våre venner glade for å føle solens varme og brisen som vandrer i ansiktene deres. Disse kontrastene forårsaket i det fysiske aspektet av det samme en god følelse av frihet, tilfredshet, tilfredshet og glede. De var klare til å møte en ny dag.

Imidlertid konsentrerer de kreftene sine som kulminerer

DE PERVERSE SØSTRENE

på løftingen. Det neste trinnet er å gå til suiten og gjøre det med ekstrem løsdrift som om de var av staten Bahia. Ikke for å skade våre kjære naboer, selvfølgelig. Alle helgens land er et spektakulært sted fullt av kultur, historie og sekulære tradisjoner. Lenge leve Bahia.

På badet tar de av seg klærne av den merkelige følelsen av at de ikke var alene. Hvem har noen gang hørt om legenden om det blonde badet? Etter en skrekkfilmmaraton var det normalt å komme i trøbbel med det. I etterkant nikker de på hodet og prøver å være roligere. Plutselig kommer det til tankene til hver av dem, deres politiske bane, deres borgerside, deres profesjonelle, religiøse side og deres seksuelle aspekt. De føler seg bra om å være ufullkomne enheter. De var sikre på at kvaliteter og mangler la til deres personlighet.

Videre låser de seg inne på badet. Ved å åpne dusjen lar de det varme vannet strømme gjennom de svette kroppene på grunn av varmen kvelden før. Væske fungerer som en katalysator som absorberer alle de triste tingene. Det var nettopp det de trengte nå: å glemme smerten, traumene, skuffelsene, rastløsheten som prøvde å finne nye forventninger. inneværende år var avgjørende for det. En fantastisk vending i alle aspekter av livet.

Rengjøringsprosessen initieres ved bruk av plantesvamper, såpe, sjampo, i tillegg til vann. For tiden føler de en av de beste gledene som tvinger deg til å huske billetten på revet og eventyrene på stranden. Intuitivt ber deres ville ånd om flere eventyr i det de blir for å analysere så snart de kan. Situasjonen favorisert av fritiden oppnådd på arbeidet med begge som en premie for dedikasjon til offentlig tjeneste.

I omtrent 20 minutter legger de litt til side målene sine for å leve et reflekterende øyeblikk i deres respektive intimitet. På slutten av denne aktiviteten kommer de ut av toalettet, tørker den våte kroppen med håndkleet, bruker rene klær og sko, bruker sveitsisk parfyme, importert sminke fra Tyskland med genuint fine solbriller og tiaraer. Helt klare flytter de seg til koppen med vesken på stripen og hilser seg fornøyd med gjenforeningen i takk til den gode Herren.

I samarbeid tilbereder de en frokost med misunnelse: couscous i kylling saus, grønnsaker, frukt, kaffekrem og kjeks. I like deler er maten delt. De veksler øyeblikk av stillhet med korte ordvekslinger fordi de var høflige. Ferdig frokost, det er ingen flukt utover det de hadde tenkt.

"Hva foreslår du, Belinha? Jeg kjeder meg!

"Jeg har en smart idé. Husker du den personen vi møtte på litteraturfestivalen?

"Jeg husker det. Han var forfatter, og hans navn var guddommelig.

"Jeg har nummeret hans. Hva med å ta kontakt? Jeg vil gjerne vite hvor han bor.

"Jeg også. God idé. Gjør det. Jeg vil elske det.

"Greit!

Belinha åpnet vesken, tok telefonen og begynte å ringe. Om noen få øyeblikk svarer noen på linjen, og samtalen starter.

"Hei.

"Hei, guddommelig. Greit?

"Greit, Belinha. Hvordan går det?

DE PERVERSE SØSTRENE

"Vi har det bra. Se, er den invitasjonen fortsatt på? Min søster og jeg ønsker å ha et spesielt show i kveld.

"Selvfølgelig gjør jeg det. Du vil ikke angre. Her har vi sager, rik natur, frisk luft utover godt selskap. Jeg er tilgjengelig i dag også.

"Så fantastisk. Vel, vent på oss ved inngangen til landsbyen. På de fleste 30 minuttene er vi der.

"Det er helt greit. Sees senere!

"Vi sees senere!

Samtalen avsluttes. Med en tåpelig flir stemplet, kommer Belinha tilbake for å kommunisere med søsteren.

"Han sa ja. Skal vi?

"Kom igjen. Hva venter vi på?

Begge paraderer fra koppen til utgangen av huset, og lukker døren bak seg med en nøkkel. Så flytter de til garasjen. De kjører den offisielle familiebilen, og etterlater problemene sine og venter på nye overraskelser og følelser på det viktigste landet i verden. Gjennom byen, med en høy lyd på, holdt sitt lille håp for seg selv. Det var verdt alt i det øyeblikket til jeg tenkte på sjansen til å være lykkelig for alltid.

Med kort tid tar de høyre side av motorvei BR 232. Så det starter løpet av kurset til prestasjon og lykke. Med moderat fart kan de nyte fjellandskapet ved bredden av banen. Selv om det var et kjent miljø, var hver passasje der mer enn en nyhet. Det var et gjenoppdaget selv.

Passerer gjennom steder, gårder, landsbyer, blå skyer, aske og roser, tørr luft og varm temperatur går. I den programmerte tiden kommer de til den mest idylliske inngangen til det brasilianske innlandet. Mimoso av oberstene, den psykiske, den uplettede unnfangelsen, og folk med høy intellektuell kapasitet.

Da de var innom inngangen til distriktet, ventet de din kjære venn med det samme smilet som alltid. Et godt tegn for de som var ute etter opplevelser. Når de går ut av bilen, går de for å møte den edle kollegaen som mottar dem med en klem som blir trippel. Dette øyeblikket ser ikke ut til å ta slutt. De er allerede gjentatt, de begynner å endre førsteinntrykk.

"Hvordan har du det, Divine? spurte Belinha.

"Bra, hvordan har du det? Korresponderte med det synske.

"Flott! (Belinha).

"Bedre enn noen gang, supplerte Amelinha.

"Jeg har en god idé. Hva med å gå opp Ororubá-fjellet? Det var der for nøyaktig åtte år siden at min bane i litteraturen begynte.

"For en skjønnhet! Det blir en ære! (Amelinha).

"For meg også! Jeg elsker naturen. (Belinha).

"Så, la oss gå nå. (Aldivan).

Den mystiske vennen til de to søstrene rykket ut på gatene i sentrum. Ned til høyre, inn i et privat sted og gå rundt hundre meter setter dem i bunnen av sagen. De gjør en rask stopp, slik at de kan hvile og hydrere. Hvordan var det å bestige fjellet etter alle disse eventyrene? Følelsen var fred, samling, tvil og nøling. Det var som om det var første gang med alle utfordringene som skjebnen beskattet. Plutselig møter venner den store forfatteren med et smil.

"Hvordan startet det hele? Hva betyr det for deg? (Belinha).

"I 2009 dreide livet mitt seg om monotoni. Det som holdt meg i live var viljen til å eksternalisering det jeg følte i

DE PERVERSE SØSTRENE

verden. Det var da jeg hørte om dette fjellet og kreftene i hans fantastiske hule. Ingen vei ut, bestemte jeg meg for å ta en sjanse på vegne av drømmen min. Jeg pakket sekken, klatret opp på fjellet, utførte tre utfordringer som jeg ble akkreditert inn i fortvilelsens grotte, den mest dødelige, farlige grotten i verden. Inni den har jeg overgått store utfordringer ved å avslutte for å komme til kammeret. Det var i det øyeblikket av ekstase at miraklet skjedde, jeg ble den synske, et allvitende vesen gjennom hans visjoner. Så langt har det vært tjue flere eventyr, og jeg vil ikke stoppe så snart. Takket være leserne, gradvis, jeg oppnår målet mitt om å erobre verden.

"Spennende. Jeg er en tilhenger av deg. (Amelinha).

"Rørende. Jeg vet hva du må føle om å utføre denne oppgaven igjen. (Belinha).

"Utmerket. Jeg føler en blanding av gode ting, inkludert suksess, tro, klo og optimisme. Det gir meg god energi, sa den synske.

"Bra. Hvilke råd gir du oss?

"La oss holde fokus. Er du klar til å finne ut bedre for dere selv? (mesteren).

"Ja. De var enige om begge deler.

"Så følg meg.

Trioen har gjenopptatt virksomheten. Solen varmer, vinden blåser litt sterkere, fuglene flyr bort og synger, steinene og tornene ser ut til å bevege seg, bakken rister og fjellstemmene begynner å virke. Dette er miljøet presenterer på klatring av sagen.

Med mye erfaring hjelper mannen i hulen kvinner hele tiden. På denne måten la han inn praktiske dyder som var viktige som solidaritet og samarbeid. Til gjengjeld lånte de ham en menneskelig varme og ulikt engasjement. Vi kan si at det var den uoverstigelige, ustoppelige, kompetente trioen.

Litt etter litt går de opp trinn for trinn lykkens trinn. Til tross for den betydelige prestasjonen, forblir de utrettelige i sin søken. I en oppfølger senker de tempoet på turen litt, men holder det stødig. Som det sies, går sakte langt unna. Denne vissheten følger dem hele tiden med å skape et åndelig spekter av pasienter, forsiktighet, toleranse og overvinne. Med disse elementene hadde de tro til å overvinne enhver motgang.

Det neste punktet, den hellige steinen, avslutter en tredjedel av kurset. Det er en kort pause, og de liker det å be, takke, reflektere og planlegge de neste trinnene. I riktig mål var de ute etter å tilfredsstille sine håp, sin frykt, sin smerte, tortur og sine sorger. For å ha tro, fyller en uutslettelig fred deres hjerter.

Med omstarten av reisen vender usikkerheten, tvilen og styrken til det uventede tilbake for å handle. Selv om det kunne skremme dem, bar de på tryggheten av å være i Guds nærhet og den lille spiren i innlandet. Ingenting eller noen kunne skade dem bare fordi Gud ikke ville tillate det. De innså denne beskyttelsen i hvert vanskelig øyeblikk av livet der andre bare forlot dem. Gud er i praksisen vår eneste lojale venn.

Videre er de halvveis. Klatringen forblir gjennomført med mer dedikasjon og melodi. I motsetning til hva som vanligvis skjer med vanlige klatrere, hjelper rytme motivasjon, vilje og levering. Selv om de ikke var idrettsutøvere, var det bemerkelsesverdig av deres prestasjoner for å være sunn og engasjert ung.

DE PERVERSE SØSTRENE

Etter å ha fullført tre fjerdedeler av ruten, kommer forventningen til uutholdelige nivåer. Hvor lenge måtte de vente? I dette øyeblikket av press var det beste å prøve å kontrollere nysgjerrighetens impuls. Alt forsiktig var nå på grunn av de motstridende styrkenes handling.

Med litt mer tid er de endelig ferdige med ruten. Solen skinner klarere, Guds lys lyser dem opp og kommer ut av en sti, vokteren og hans sønn Renato. Alt ble fullstendig gjenfødt i hjertet av de vakre små. De fortjente den nåden for å ha jobbet så hardt. Det neste trinnet i den synske er å løpe inn i en tett klem med sine velgjørere. Kollegene følger etter ham og gjør den femdoble klemmen.

" Godt å se deg, Guds sønn! Jeg har ikke sett deg på lenge! Mitt morsinstinkt advarte meg om din tilnærming, sa den forfedre damen.

"Jeg er glad! Det er som om jeg husker mitt første eventyr. Det var så mange følelser. Fjellet, utfordringene, grotten og tidsreisen har preget min historie. Å komme tilbake hit gir meg gode erindringer. Nå har jeg med meg to vennlige krigere. De trengte dette møtet med den hellige.

"Hva heter du, damer? Spurte vokteren av Fjell.

"Mitt navn er Belinha, og jeg er revisor.

"Mitt navn er Amelinha, og jeg er lærer. Vi bor i Arcoverde.

"Velkommen, damer. (Fjellets vokter.).

"Vi er takknemlige! Sa samtidig de to besøkende med tårer rennende gjennom øynene.

"Jeg elsker nye vennskap også. Å være ved siden av min herre igjen gir meg en spesiell glede av de unevnelige. De eneste som vet hvordan de skal forstå det, er oss to. Er ikke det riktig, partner? (Renato).

"Du forandrer deg aldri, Renato! Dine ord er uvurderlige. Med all min galskap var det å finne ham en av de gode tingene i min skjebne.

Min venn og min bror svarte den synske uten å beregne ordene. De kom naturlig ut for den sanne følelsen som næret for ham.

"Vi er korrespondert i samme mål. Derfor er vår historie en suksess, sa den unge mannen.

"Så hyggelig å være i denne historien. Jeg hadde ingen anelse om hvor spesielt fjellet var i sin bane, kjære forfatter, sa Amelinha.

"Han er virkelig beundringsverdig, søster. Dessuten er vennene dine virkelig hyggelige. Vi lever den virkelige fiksjonen, og det er det mest fantastiske som finnes. (Belinha).

"Vi setter pris på komplimentet. Du må imidlertid være lei av innsatsen som brukes på klatringen. Hva med å dra hjem? Vi har alltid noe å tilby. (Madame).

"Vi har benyttet anledningen til å få med oss samtalene. Jeg savner Renato så mye.

"Jeg synes det er kjempebra. Når det gjelder damene, hva sier du?

"Jeg kommer til å elske det. (Belinha).

"Det skal vi!

"Så la oss gå! Har fullført masteren.

Kvintetten begynner å gå i den rekkefølgen som er gitt av den fantastiske figuren. Umiddelbart, et kaldt slag gjennom de utmattede skjelettene i klassen. Hvem var den kvinnen

DE PERVERSE SØSTRENE

og hvilke krefter hadde hun? Til tross for så mange øyeblikk sammen, forble mysteriet låst som en dør til syv nøkler. De ville aldri vite det fordi det var en del av fjellhemmeligheten. Samtidig forble hjertene deres i tåken. De var utmattet av å donere kjærlighet og ikke motta, tilgi og skuffe igjen. Uansett, enten ble de vant til livets virkelighet, eller de ville lide mye. De trengte derfor noen råd.

Steg for steg kommer de til å komme over hindringene. Umiddelbart hører de et forstyrrende skrik. Med ett blikk beroliger sjefen dem. Det var følelsen av hierarkiet, mens de sterkeste og mest erfarne beskyttet, kom tjenerne tilbake med engasjement, tilbedelse og vennskap. Det var en toveis gate.

Dessverre vil de klare turene med stor og mildhet. Hvilken idé hadde gått gjennom Belinha hode? De var midt i bushen busted av ekle dyr som kunne skade dem. Bortsett fra det var det torner og spisse steiner på føttene. Som enhver situasjon har sitt synspunkt, var det å være der den eneste sjansen til å forstå deg selv og dine ønsker, noe underskudd i besøkendes liv. Snart var det verdt eventyret.

Neste halvveis der vil de stoppe. Rett i nærheten av der var det en frukthage. De er på vei mot himmelen. I hentydningen til bibelfortellingen følte de seg helt frie og innlemmet i naturen. Som barn leker de med å klatre i trær, de tar fruktene, de kommer ned og spiser dem. Så mediterer de. De lærte så snart livet er laget av øyeblikk. Enten de er triste eller glade, er det godt å nyte dem mens vi lever.

I det etterpå tar de et forfriskende bad i sjøen festet. Dette faktum provoserer gode minner om en gang, om de mest bemerkelsesverdige opplevelsene i deres liv. Så fint det var å være barn! Hvor vanskelig det var å vokse opp og møte voksenlivet. Lev med det falske, løgnen og den falske moralen til mennesker.

Når de går videre, nærmer de seg skjebnen. Nede til høyre på stien kan du allerede se den enkle hovelen. Det var helligdommen til de mest fantastiske, mystiske menneskene på fjellet. De var fantastiske, det som beviser at en persons verdi ikke er i det den har. Sjelens adel er i karakter, i nestekjærlighet og rådgivende holdninger. Så ordtaket sier: en venn på torget er bedre enn penger deponert i en bank.

Noen få skritt fremover stopper de foran inngangen til hytta. Vil de få svar på dine indre henvendelser? Bare tiden kunne svare på dette og andre spørsmål. Det viktige med dette var at de var der for det som kommer og går.

Ved å ta vertinnens rolle åpner vergen døren, og gir alle andre tilganger til innsiden av huset. De går inn i det tomme avlukket og observerer alt mye. De er imponert over delikatessen til stedet representert av ornamentikken, gjenstandene, møblene og mysteriets klima. Motstridende var det mer rikdom og kulturelt mangfold enn i mange palasser. Så vi kan føle oss lykkelige og komplette selv i ydmyke miljøer.

En etter en vil du bosette deg på de tilgjengelige stedene, bortsett fra at Renato går til kjøkkenet for å tilberede lunsj. Det opprinnelige klimaet av sjenanse er ødelagt.

"Jeg vil gjerne kjenne deg bedre, jenter.

"Vi er to jenter fra Arcoverde City. Vi er lykkelige profesjonelt, men tapere forelsket. Helt siden jeg ble forrådt av min gamle partner, har jeg vært frustrert, bekjente Belinha.

"Det var da vi bestemte oss for å komme tilbake til menn.

DE PERVERSE SØSTRENE

Vi inngikk en pakt for å lokke dem og bruke dem som et objekt. Vi vil aldri lide igjen, sa Amelinha.

"Jeg gir dem all min støtte. Jeg møtte dem i mengden, og nå har deres mulighet kommet på besøk her. (Guds Sønn)

"Interessant. Dette er en naturlig reaksjon på lidelsen av skuffelser. Det er imidlertid ikke den beste måten å bli fulgt på. Å dømme en hel art etter en persons holdning er en klar feil. Hver har sin individualitet. Dette hellige og skamløse ansiktet ditt kan skape mer konflikt og glede. Det er opp til deg å finne det rette punktet i denne historien. Det jeg kan gjøre er å støtte som din venn gjorde og bli et tilbehør til denne historien analysert fjellets hellige ånd.

"Jeg tillater det. Jeg vil finne meg selv i denne helligdommen. (Amelinha).

"Jeg aksepterer vennskapet ditt også. Hvem visste at jeg ville være med i en fantastisk såpeopera? Myten om hulen og fjellet virker slik nå. Kan jeg komme med et ønske? (Belinha).

"Selvfølgelig, kjære.

"Fjellenhetene kan høre forespørslene fra de ydmyke drømmerne slik det har skjedd med meg. Ha tro! (Guds sønn).

"Jeg er så vantro. Men hvis du sier det, vil jeg prøve. Jeg ber om en vellykket konklusjon for oss alle. La hver og en av dere gå i oppfyllelse på livets hovedområder.

"Jeg gir det! Tordner en dyp stemme midt i rommet.

Begge horene har gjort et hopp i bakken. I mellomtiden lo og gråt de andre av begges reaksjon. Det faktum hadde vært mer en skjebnehandling. For en overraskelse. Det var ingen som kunne ha forutsett hva som skjedde på toppen av fjellet. Siden en berømt indianer hadde dødd på stedet, hadde virkelighetsfølelsen gitt rom for det overnaturlige, mysteriet og det uvanlige.

"Hva i helvete var den tordenen? Jeg skjelver så langt, bekjente Amelinha.

"Jeg hørte hva stemmen sa. Hun bekreftet mitt ønske. Drømmer jeg? spurte Belinha.

"Mirakler skjer! Med tiden vil du vite nøyaktig hva det betyr å si dette, sa mesteren.

"Jeg tror på fjellet, og man må tro på det også. Gjennom miraklet hennes forblir jeg her overbevist og trygg på mine beslutninger. Hvis vi mislykkes en gang, kan vi begynne på nytt. Det er alltid håp for de som er i live, forsikret sjamanen til den synske som viser et signal på taket.

"Et lys. Hva betyr det? (Belinha).

"Det er så vakkert og lyst. (Amelinha).

"Det er lyset av vårt evige vennskap. Selv om hun forsvinner fysisk, vil hun forbli intakt i våre hjerter. (Verge

"Vi er alle lette, men på forskjellige måter. Vår skjebne er lykke. (Den synske).

Det er her Renato kommer inn og kommer med et forslag.

"Det er på tide at vi går ut og finner noen venner. Tid for moro er kommet.

"Jeg gleder meg. (Belinha)

"Hva venter vi på? Det er på tide. (SKRIK)

Kvartetten går ut i skogen. Tempoet i trinnene er raskt det som avslører en indre angst av karakterene. Mimoso landlige miljø bidro til et skuespill av natur. Hvilke utfordringer vil du møte? Ville de voldsomme dyrene være farlig? Fjellmytene kunne angripe når som helst, noe som var ganske farlig. Men mot var en kvalitet som alle der bar. Ingenting vil stoppe deres lykke.

Tiden er inne. På aktiva teamet var det en svart mann, Renato og en blondhåret person. På det passive laget var Divine, Belinha og Amelinha. Med laget dannet, begynner moroa blant de grågrønne fra land skogen.

Den svarte fyren dater Divine. Renato dater Amelinha og den blonde mannen dater Belinha. Gruppesex starter ved utveksling av energi mellom de seks. De var alle for alle for en. Tørsten etter sex og nytelse var felles for alle. Skiftende stillinger, hver og en opplever unike opplevelser. De prøver analsex, vaginal sex, oralsex, gruppesex blant andre kjønnsmodaliteter. Det beviser at kjærlighet ikke er en synd. Det er en handel med grunnleggende energi for menneskelig evolusjon. Uten skyld bytter de raskt partner, noe som gir flere orgasmer. Det er en blanding av ecstasy som involverer gruppen. De bruker timer på å ha sex til de er slitne.

Etter at alt er fullført, går de tilbake til sine opprinnelige posisjoner. Det var fortsatt mye å oppdage på fjellet.

Mandag morgen vakrere enn noensinne. Tidlig om morgenen får våre venner gleden av å føle solens varme og brisen vandre i ansiktene deres. Disse kontrastene forårsaket i det fysiske aspektet av det samme en god følelse av frihet, tilfredshet, tilfredshet og glede. De var klare til å møte en ny dag.

Ved nærmere ettertanke konsentrerer de kreftene sine som kulminerer på løftingen. Det neste trinnet er å gå til suitene og gjøre det med ekstrem løsdrift som om de var fra staten bahia. Ikke for å skade våre kjære naboer, selvfølgelig. Alle helgens land er et spektakulært sted fullt av kultur, historie og sekulære tradisjoner. Lenge leve Bahia!

På badet tar de av seg klærne av den merkelige følelsen av at de ikke var alene. Hvem har noen gang hørt om legenden om det blonde badet? Etter en skrekkfilmmaraton var det normalt å komme i trøbbel med det. I etterkant nikker de på hodet og prøver å være roligere. Plutselig kommer det til tankene til hver av dem deres politiske bane, deres borgerside, deres profesjonelle, religiøse side og deres seksuelle aspekt. De føler seg bra om å være ufullkomne enheter. De var sikre på at kvaliteter og mangler la til deres personlighet.

De låser seg inne på badet. Ved å åpne dusjen lar de det varme vannet strømme gjennom de svette kroppene på grunn av varmen kvelden før. Væske fungerer som en katalysator som absorberer alle de triste tingene. Det var akkurat det de trengte nå: glem smerten, traumene, skuffelsene, rastløsheten som prøver å finne nye forventninger. inneværende år hadde vært avgjørende i det. En fantastisk vending i alle aspekter av livet.

Rengjøringsprosessen initieres ved bruk av våtservietter, såpe, sjampo utover vann. For tiden føler de en av de beste gledene som tvinger dem til å huske passet på revet og eventyrene på stranden. Intuitivt ber deres ville ånd om flere eventyr i det de blir for å analysere så snart de kan. Situasjonen favorisert av fritiden oppnådd på arbeidet med begge som en premie for dedikasjon til offentlig tjeneste.

I omtrent 20 minutter legger de litt til side målene sine for å leve et reflekterende øyeblikk i deres respektive intimitet. På slutten av denne aktiviteten kommer de ut av toalettet, tørker den våte kroppen med håndkleet, bruker rene klær og sko, bruker sveitsisk parfyme, importert sminke fra Tyskland med genuint fine solbriller og tiaraer. Helt klare flytter de seg til koppen med vesken på stripen og hilser seg fornøyd med gjenforeningen i takk til den gode Herren.

I samarbeid tilbereder de en frokost med misunnelse, kylling saus, grønnsaker, frukt, kaffefløte og kjeks. I like deler er maten delt. De veksler øyeblikk av stillhet med korte ordvekslinger fordi de var høflige. Ferdig frokost, det er ingen flukt igjen enn de hadde tenkt.

"Hva foreslår du, Belinha? Jeg kjeder meg!

"Jeg har en smart idé. Husker du den fyren vi fant i mengden?

"Jeg husker det. Han var forfatter, og hans navn var guddommelig.

"Jeg har telefonnummeret hans. Hva med å ta kontakt? Jeg vil gjerne vite hvor han bor.

"Jeg også. God idé. Gjør det. Jeg ville elske å.

"Greit!

Belinha åpnet vesken, tok telefonen og begynte å ringe. Om noen få øyeblikk svarer noen på linjen, og samtalen starter.

"Hei.

"Hei, guddommelig, hvordan har du det?

"Greit, Belinha. Hvordan går det?

"Vi har det bra. Se, er den invitasjonen fortsatt på? Jeg og søsteren min vil gjerne ha et spesielt show i kveld.

"Selvfølgelig gjør jeg det. Du vil ikke angre. Her har vi sager, rik natur, frisk luft utover godt selskap. Jeg er tilgjengelig i dag også.

"Så fantastisk! Så vent på oss ved inngangen til landsbyen. På de fleste 30 minuttene er vi der.

"Greit! Så, inntil da!

"Vi sees senere!

Samtalen avsluttes. Med en tåpelig flir stemplet, kommer Belinha tilbake for å kommunisere med søsteren.

"Han sa ja. Skal vi gå?

"Kom igjen! Hva venter vi på?

Begge paraderer fra koppen til utgangen av huset og lukker døren bak seg med en nøkkel. Gå deretter til garasjen. Pilotering den offisielle familiebilen, forlater sine problemer bak venter på nye overraskelser og følelser på det viktigste landet i verden. Gjennom byen, med en høy lyd på, holdt sitt lille håp for seg selv. Det var verdt alt i det øyeblikket til jeg tenkte på sjansen til å være lykkelig for alltid.

Med kort tid tar de høyre side av motorvei BR 232. Så begynn kurset til prestasjon og lykke. Med moderat fart kan de nyte fjellandskapet ved bredden av banen. Selv om det var et kjent miljø, var hver passasje der mer enn en nyhet. Det var et gjenoppdaget selv.

Passerer gjennom steder, gårder, landsbyer, blå skyer, aske og roser, tørr luft og varm temperatur går. I den programmerte tiden kommer de til den mest historisk av inngangen til det indre av staten Pernambuco. Mimoso av oberstene, den psykiske, den uplettede unnfangelsen, og folk med høy intellektuell kapasitet.

Da du stoppet ved inngangen til distriktet, ventet du din kjære venn med samme smil som alltid. Et godt tegn for de som var ute etter opplevelser. Gå ut av bilen, gå for å møte

DE PERVERSE SØSTRENE

den edle kollegaen som mottar dem med en klem som blir trippel. Dette øyeblikket ser ikke ut til å ta slutt. De er allerede gjentatt, de begynner å endre førsteinntrykk.

"Hvordan har du det, Divine? (Belinha)
"Vel, hva med deg? (Den synske)
"Flott! (Belinha)
"Bedre enn noensinne" (Amelinha)
"Jeg har en god idé, hva med å gå opp Ororubá fjellet? Det var der for nøyaktig åtte år siden at min bane i litteraturen begynte.
"For en skjønnhet! Det blir en ære! (Amelinha)
"For meg også! Jeg elsker naturen! (Belinha)
"Så, la oss gå nå! (Aldivan)

Da han signerte for å følge ham, avanserte den mystiske vennen til de to søstrene på gatene i sentrum. Ned til høyre, inn i et privat sted og gå rundt hundre meter setter dem i bunnen av sagen. De gjør en rask stopp for å hvile og hydrere. Hvordan var det å bestige fjellet etter alle disse eventyrene? Følelsen var fred, samling, tvil og nøling. Det var som om det var første gang med alle utfordringene som skjebnen beskattet. Plutselig møter venner den store forfatteren med et smil.

"Hvordan startet det hele? Hva betyr det for deg? (Belinha)
"I 2009 dreide livet mitt seg om monotoni. Det som holdt meg i live var viljen til å eksternalisering det jeg følte i verden. Det var da jeg hørte om dette fjellet og kreftene i hans fantastiske hule. Ingen vei ut, bestemte jeg meg for å ta en sjanse på vegne av drømmen min. Jeg pakket sekken, klatret opp på fjellet, utførte tre utfordringer som jeg ble legitimert inn i grotten av fortvilelse, den mest dødelige, farlige grotten

i verden. Inni den har jeg overgått store utfordringer ved å avslutte for å komme til kammeret. Det var i det øyeblikket av ekstase at miraklet skjedde, jeg ble den synske, et allvitende vesen gjennom hans visjoner. Så langt har det vært tjue flere eventyr, og jeg har ikke tenkt å stoppe så snart. Med hjelp av leserne, etter litt, får jeg mitt mål om å erobre verden. (Guds sønn)

"Spennende! Jeg er en tilhenger av deg. (Amelinha)

" Jeg vet hvordan du må føle om å utføre denne oppgaven igjen. (Belinha)

"Veldig bra! Jeg føler en blanding av gode ting, inkludert suksess, tro, klo og optimisme. Det gir meg god energi. (Den synske)

"Bra! Hvilke råd gir du oss? (Belinha)

"La oss holde fokus. Er du klar til å finne ut bedre for dere selv? (Mesteren)

"Ja! De var enige om begge deler.

"Så følg meg!

Trioen har gjenopptatt virksomheten. Solen varmer, vinden blåser litt sterkere, fuglene flyr bort og synger, steinene og tornene ser ut til å bevege seg, bakken rister og fjellstemmene begynner å virke. Dette er miljøet presenterer på klatring av sagen.

Med mye erfaring hjelper mannen i hulen kvinner hele tiden. På denne måten la han inn praktiske dyder som var viktige som solidaritet og samarbeid. Til gjengjeld lånte de ham en menneskelig varme og enestående engasjement. Vi kan si at det var den uoverstigelige, ustoppelige, kompetente trioen.

Litt etter litt går de opp trinn for trinn lykkens trinn. Med

DE PERVERSE SØSTRENE

dedikasjon og utholdenhet overtar de den høyere tre, fullfører en fjerdedel av veien. Til tross for den betydelige prestasjonen, forblir de utrettelige i sin søken. De var fordi gratulerer.

I en oppfølger, senk tempoet på turen litt, men hold det jevnt. Som det sies, går sakte langt unna. Denne vissheten ledsager dem hele tiden og skaper et åndelig spekter av tålmodighet, forsiktighet, toleranse og overvinne. Med disse elementene hadde de tro til å overvinne enhver motgang.

Neste punkt, den hellige steinen avslutter en tredjedel av kurset. Det er en kort pause, og de liker det å be, takke, reflektere og planlegge de neste trinnene. I riktig mål var de ute etter å tilfredsstille sine håp, sin frykt, sin smerte, tortur og sine sorger. For å ha tro, fyller en uutslettelig fred deres hjerter.

Med omstarten av reisen vender usikkerheten, tvilen og styrken til det uventede tilbake for å handle. Selv om det kunne skremme dem, bar de sikkerheten ved å være i nærvær av Liten spire av interiøret. Ingenting eller noen kunne skade dem bare fordi Gud ikke ville tillate det. De innså denne beskyttelsen i hvert vanskelig øyeblikk av livet der andre bare forlot dem. Gud er i praksisen vår eneste sanne og lojale venn.

Videre er de halvveis. Klatringen forblir gjennomført med mer dedikasjon og melodi. I motsetning til hva som vanligvis skjer med vanlige klatrere, hjelper rytme motivasjon, vilje og levering. Selv om de ikke var idrettsutøvere, var det bemerkelsesverdig deres prestasjoner for å være sunne og engasjerte unge.

Fra tredje kvartals kurs kommer forventningen til uutholdelige nivåer. Hvor lenge måtte de vente? I dette øyeblikket av press var det beste å prøve å kontrollere nysgjerrighetens impuls. Alt forsiktig var nå på grunn av de motstridende styrkenes handling.

Med litt mer tid fullfører de endelig kurset. Solen skinner klarere, Guds lys lyser dem opp og kommer ut av en sti, vokteren og hans sønn Renato. Alt ble fullstendig gjenfødt i hjertet av de vakre små. De har gjort seg fortjent til denne nåden gjennom lov. Det neste trinnet i den synske er å løpe inn i en tett klem med sine velgjørere. Kollegene følger etter ham og gjør den femdoble klemmen.

"Godt å se deg, Guds sønn! Lang tid ingen ser! Mitt morsinstinkt advarte meg om din tilnærming, forfedrenes dame.

Jeg er glad! Det er som om jeg husker mitt første eventyr. Det var så mange følelser. Fjellet, utfordringene, grotten og tidsreisen har preget min historie. Å komme tilbake hit gir meg gode erindringer. Nå har jeg med meg to vennlige krigere. De trengte dette møtet med den hellige.

"Hva heter du, damer? (Keeperen)

"Jeg heter Belinha og er revisor.

"Mitt navn er Amelinha og jeg er lærer. Vi bor i Arcoverde.

"Velkommen, damer. (Keeperen)

"Vi er takknemlige! sa i samtidighet de to besøkende med tårer rennende gjennom øynene.

"Jeg elsker nye vennskap også. Å være ved siden av min herre igjen gir meg en spesiell glede av de unevnelige. Bare folk som vet hvordan de skal forstå det, er oss to. Er ikke det riktig, partner? (Renato)

"Du forandrer deg aldri, Renato! Dine ord er uvurderlige. Med all min galskap var det å finne ham en av de gode tingene i min skjebne. Min venn og min bror. (Den synske).

DE PERVERSE SØSTRENE

De kom naturlig ut for den sanne følelsen som næret for ham.

"Vi blir matchet i samme grad. Det er derfor vår historie er en suksess, sier den unge mannen.

"Det er godt å være en del av denne historien. Jeg visste ikke engang hvor spesielt fjellet var i sin bane, kjære forfatter "sa Amelinha.

"Han er virkelig beundringsverdig, søster. Dessuten er vennene dine veldig vennlige. Vi lever ekte fiksjon, og det er det mest fantastiske som eksisterer. (Belinha)

"Vi takker for komplimentet. Likevel må de være lei av innsatsen som brukes i klatring. Hva med å dra hjem? Vi har alltid noe å tilby. (Madame)

"Vi tok sjansen på å få med oss samtalene. Jeg savner deg veldig mye "Renato tilsto.

"Det er helt greit for meg. Det er flott som for damene, hva sier de til meg?

"Jeg vil elske det! " hevdet Belinha.

"Ja, la oss gå," sa Amelinha.

"Så, la oss gå! " Mesteren konkluderte.

Kvintetten begynner å gå i rekkefølge gitt av den fantastiske figuren. Akkurat nå, et kaldt slag gjennom de utmattede skjelettene i klassen. Hvem var den kvinnen, hvem var hun, hvem hadde krefter? Til tross for så mange øyeblikk sammen, forble mysteriet låst som en dør til syv nøkler. De ville aldri vite det fordi det var en del av fjellhemmeligheten. Samtidig forble hjertene deres i tåken. De var utmattet av å donere kjærlighet og ikke motta, tilgi og skuffe igjen. Uansett, enten ble de vant til livets virkelighet, eller de ville lide mye. De trengte derfor noen råd.

Steg for steg skal du komme over hindringene. På et øyeblikk hører de et forstyrrende skrik. Med ett blikk beroliger sjefen dem. Det var følelsen av hierarkiet, mens de sterkeste og mer erfarne beskyttet, kom tjenerne tilbake med engasjement, tilbedelse og vennskap. Det var en toveis gate.

Dessverre vil de klare turene med stor og mildhet. Hva var ideen som hadde gått gjennom Belinha hode? De var midt i bushen busted av ekle dyr som kunne skade dem. Bortsett fra det var det torner og spisse steiner på føttene. Som enhver situasjon har sitt synspunkt, var det å være der den eneste sjansen for at du kunne forstå deg selv og dine ønsker, noe underskudd i besøkendes liv. Snart var det verdt eventyret.

Neste halvveis der vil de stoppe. Rett i nærheten av der var det en frukthage. De er på vei mot himmelen. I hentydningen til bibelfortellingen følte de seg komplementært frie og innlemmet i naturen. Som barn leker de med å klatre i trær, de tar fruktene, de kommer ned og spiser dem. Så mediterer de. De lærte så snart livet er laget av øyeblikk. Enten de er triste eller glade, er det godt å nyte dem mens vi lever.

I det etterpå tar de et forfriskende bad i sjøen festet. Dette faktum provoserer gode minner om en gang, om de mest bemerkelsesverdige opplevelsene i deres liv. Så fint det var å være barn! Hvor vanskelig det var å vokse opp og møte voksenlivet. Lev med det falske, løgnen og den falske moralen til mennesker.

Når de går videre, nærmer de seg skjebnen. Nede til høyre på stien kan du allerede se den enkle hovelen. Det var helligdommen til de mest fantastiske, mystiske menneskene på fjellet. De var utrolige hva som beviser at en persons verdi ikke er i det den har. Sjelens adel er i karakter, i holdninger til veldedige organisasjoner og rådgivning. Det er derfor de sier følgende ordtak, bedre en venn på torget er verdt enn penger deponert i en bank.

Noen få skritt fremover stopper de foran inngangen til hytta. Fikk de svar på sine indre henvendelser? Bare tiden kunne svare på dette og andre spørsmål. Det viktige med dette var at de var der for det som kommer og går.

Ved å ta vertinnens rolle åpner vergen døren og gir alle andre tilganger til innsiden av huset. De går inn i det unike forgjeves avlukket ved å se alt i den store enheten. De er imponert over delikatessen til stedet representert av ornamentikken, gjenstandene, møblene og mysteriets klima. På det stedet var det mer rikdom og kulturelt mangfold enn i mange palasser. Så vi kan føle oss lykkelige og komplette selv i ydmyke miljøer.

En etter en vil du bosette deg på de tilgjengelige stedene, bortsett fra Renatos kjøkken, tilberede lunsj. Det opprinnelige klimaet av sjenanse er ødelagt.

"Jeg vil gjerne kjenne deg bedre, jenter. (Vergen)

"Vi er to jenter fra Arcoverde City. Begge bosatte seg i yrket, men tapere forelsket. Helt siden jeg ble forrådt av min gamle partner, har jeg vært frustrert, bekjente Belinha.

"Det var da vi bestemte oss for å komme tilbake til menn. Vi inngikk en pakt for å lokke dem og bruke dem som et objekt. Vi vil aldri lide igjen. (Amelinha)

"Jeg skal støtte dem alle. Jeg møtte dem i mengden, og nå kom de for å besøke oss her, og det tvang spiren til interiøret.

"Interessant. Dette er en naturlig reaksjon på de lidende skuffelsene. Det er imidlertid ikke den beste måten å bli fulgt på. Å dømme en hel art etter en persons holdning er en klar feil. Hver har sin egen individualitet. Dette hellige og skamløse ansiktet ditt kan skape mer konflikt og glede. Det er opp til deg å finne det rette punktet i denne historien. Det jeg kan gjøre er å støtte som din venn gjorde og bli et tilbehør til denne historien analysert fjellets hellige ånd.

"Jeg tillater det. Jeg vil finne meg selv i denne helligdommen. (Amelinha)

"Jeg aksepterer vennskapet ditt også. Hvem visste at jeg ville være med i en fantastisk såpeopera? Myten om hulen og fjellet virker slik nå. Kan jeg komme med et ønske? (Belinha)

"Selvfølgelig, kjære.

"Fjellenhetene kan høre forespørslene fra de ydmyke drømmerne slik det har skjedd med meg. Ha tro! har motivert Guds sønn.

"Jeg er så vantro. Men hvis du sier det, vil jeg prøve. Jeg ber om en vellykket konklusjon for oss alle. La hver og en av dere gå i oppfyllelse på livets hovedområder. (Belinha)

"Jeg gir det! " Tordner en dyp stemme midt i rommet".

Begge horene har gjort et hopp i bakken. I mellomtiden lo og gråt de andre av begges reaksjon. Det faktum hadde vært mer en skjebnehandling. For en overraskelse! Det var ingen som kunne ha forutsett hva som skjedde på toppen av fjellet. Siden en berømt indianer hadde dødd på stedet, hadde virkelighetsfølelsen gitt rom for det overnaturlige, mysteriet og det uvanlige.

DE PERVERSE SØSTRENE

"Hva i helvete var den tordenen? Jeg skjelver så langt. (Amelinha)

"Jeg hørte hva stemmen sa. Hun bekreftet mitt ønske. Drømmer jeg? (Belinha)

"Mirakler skjer! Med tiden vil du vite nøyaktig hva det betyr å si dette. " han sa mesteren".

" Jeg tror på fjellet, og du må tro også. Gjennom miraklet hennes forblir jeg her overbevist og trygg på mine beslutninger. Hvis vi mislykkes en gang, kan vi begynne på nytt. Det er alltid håp for de som er i live. "Forsikret sjamanen til den synske som viste et signal på taket".

"Et lys. Hva betyr det? i tårer, Belinha.

"Hun er så vakker, lys og snakket. (Amelinha)

"Det er lyset av vårt evige vennskap. Selv om hun forsvinner fysisk, vil hun forbli intakt i våre hjerter. (Verge)

"Vi er alle lette, men på forskjellige måter. Vår skjebne er lykke- bekrefter den psykiske.

Det er her Renato kommer inn og kommer med et forslag.

"Det er på tide at vi går ut og finner noen venner. Tid for moro er kommet.

"Jeg gleder meg. (Belinha)

"Hva venter vi på? Det er på tide. (Amelinha)

Kvartetten går ut i skogen. Tempoet i trinnene er raskt det som avslører en indre angst av karakterene. Mimoso landlige miljø bidro til et skuespill av natur. Hvilke utfordringer vil du møte? Ville de voldsomme dyrene være farlige? Fjellmytene kunne angripe når som helst, noe som var ganske farlig. Men mot var en kvalitet som alle der bar. Ingenting ville stoppe deres lykke.

Tiden er inne. På aktiva teamet var det en svart mann, Renato og en blondhåret person. På det passive laget var Divine, Belinha og Amelia. Teamet dannet; Moroa begynner blant de grågrønne fra land skogen.

Svart fyr dater Divine. Renato dater Amelia og blondinen dater Belinha. Gruppesex starter ved utveksling av energi mellom de seks. De var alle for alle for en. Tørsten etter sex og nytelse var felles for alle. Varierende stillinger, hver og en opplever unike opplevelser. De prøver analsex, vaginal sex, oralsex, gruppesex blant andre kjønnsmodaliteter. Det beviser at kjærlighet ikke er en synd. Det er en handel med grunnleggende energi for menneskelig evolusjon. Uten skyldfølelser bytter de raskt partner, noe som gir flere orgasmer. Det er en blanding av ecstasy som involverer gruppen. De bruker timer på å ha sex til de er slitne.

Etter at alt er fullført, går de tilbake til sine opprinnelige posisjoner. Det var fortsatt mye å oppdage på fjellet.

Slutten

www.ingramcontent.com/pod-product-compliance
Lightning Source LLC
La Vergne TN
LVHW010611070526
838199LV00063BA/5140